趣味漢語拼音音節故事 ②

白熊遊龍宮

宋詒瑞 著

新雅文化事業有限公司
www.sunya.com.hk

音節法學拼音

識漢字

　　小朋友，你們都正在學習普通話吧？你是不是覺得普通話的發音和粵語的發音很不相同，每個字的發音很難記得住？

　　那麼，有什麼辦法可以幫助你更快學會每個字的發音，多認識一些漢字，並且說好普通話呢？有，有辦法！

　　這個辦法就是：用音節法來學會漢語拼音！

　　什麼是漢語拼音？

　　漢語拼音是一種記寫漢字讀音的方法。它使用 26 個字母來拼寫中文（字母順序與英語字母表一致），分為 21 個聲母和 35 個韻母，相拼成 402 個基本音節，每個音節用 4 種聲調來讀，就組成不同的漢字。

　　有了漢語拼音之後，學習漢字就變得容易多了，因為你用拼音就能讀準漢字。會漢語拼音是多麼重要啊！

什麼是音節法？

漢語中有很多字具有相同的音節，它們的聲調可能相同，也可能不同。譬如 ba 這個音節，常用的字就有「八、巴、吧、把、罷、爸、疤、霸、靶」等字，所以你看，你只要學會一個音節，就能學到很多常用字呢。我們這套音節故事書，就是把同一個音節的 8-12 個常用字精心地編寫在一個有趣的故事中，使你在看故事的同時，鞏固音節記憶，學到更多有用的漢字。

每個故事後面，我們還安排了一些有趣的漢語拼音遊戲——拼音遊樂場。試試做這些拼音遊戲，你就能牢牢地學會這些拼音和同音節的漢字了。

書中每個音節和故事都附帶普通話錄音，邊讀邊聽，你的漢語拼音和普通話水平將會有很大程度的提高。

目錄

音節寶庫

聆聽錄音

gan

gān gān gān gān gǎn
干、竿、尷、乾、趕、

gǎn gǎn gàn
敢、感、幹

fù zǐ yǔ lú
父子與驢

fù zǐ liǎ qiān zhe lú zi qù gǎn jí
父子倆牽着驢子去趕集。

lù rén xiào dào　　　yǒu lú zi bù qí　 zhēn shǎ
路人笑道：「有驢子不騎，真傻！」

fù qin gǎn dào lù rén shuō de yǒu lǐ　 biàn jiào ér
父親感到路人説得有理，便叫兒

zi qí shàng qu
子騎上去。

yòu yǒu lù rén shuō dào　　　zhè hái zi zhēn bú xiào
又有路人説道：「這孩子真不孝，

zěn me néng ràng fù qin zǒu
怎麼能讓父親走

lù　 zì jǐ qí lú
路，自己騎驢？」

ér zi bù gǎn zài qí le　　qǐng fù qin qí shàng lú
兒子不敢再騎了，請父親騎上驢。

yòu yǒu lù rén hǎn dào　　zhè fù qin zěn me dāng de　　zhè me
又有路人喊道：「這父親怎麼當的？這麼

bú ài hù hái zi
不愛護孩子！」

fù qin hěn gān gà　　biàn jiào ér zi yě qí le shàng lai
父親很尷尬，便叫兒子也騎了上來。

yǒu lù rén dà mà　　zhè yàng nüè dài dòng wù　　tài bù rén dào
有路人大罵：「這樣虐待動物，太不人道

le
了！」

fù qin zhǎo lái yì gēn gān zi　　fù zǐ liǎ tái zhe lú zi zǒu
父親找來一根竿子，父子倆抬着驢子走。

lù rén men dà xiào　　yǒu lú zi bù qí　　hái yào káng zhe
路人們大笑：「有驢子不騎，還要扛着

zǒu　　zhēn shì tiān dà de xiào hua
走，真是天大的笑話！」

fù qin qì de shuǎi shǒu bú gàn le　　liǎng rén gān cuì
父親氣得甩手不幹了，兩人乾脆

gǎn zhe lú zi huí jiā
趕着驢子回家。

ài　　wǒ men hái shi bú yào gān
唉！我們還是不要干

shè bié ren de shēng huó ba
涉別人的生活吧。

7

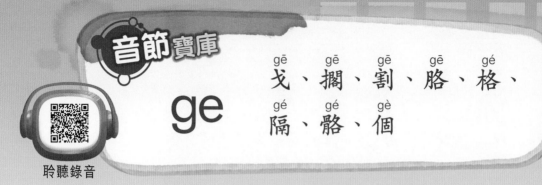

音節寶庫

ge

gē　gē　gē　gē　gé
戈、擱、割、胳、格、

gé　gé　gè
隔、骼、個

聆聽錄音

guān gōng guā gǔ
關公刮骨

sān guó shí dài　　wèi shǔ wú zhī jiān dà dòng gān gē　　è zhàn bú
三國時代，魏蜀吳之間大動干戈，惡戰不

duàn　yǒu yí cì　　guān gōng dài bīng hé cáo jūn gé dòu shí　yòu gē bo
斷。有一次，關公帶兵和曹軍格鬥時，右胳膊

bèi yì zhī dú jiàn shè zhòng　shāng kǒu téng tòng nán áo
被一支毒箭射中，傷口疼痛難熬。

míng yī huà tuó zhǔ dòng qián lái　　tā kàn le shāng kǒu shuō　　jiàn
名醫華佗主動前來。他看了傷口說：「箭

dú yǐ jīng shēn rù gǔ gé　　yào yòng dāo gē kāi pí ròu guā dú　cái néng
毒已經深入骨骼，要用刀割開皮肉刮毒，才能

gēn zhì
根治。」

guān gōng yì biān hé rén xià qí　　yì biān shēn chū yòu bì lái
關公一邊和人下棋，一邊伸出右臂來。

huà tuó jiào rén qǔ lái yí gè kōng pén gē zài guān gōng de bì xià
華佗叫人取來一個空盆擱在關公的臂下，

rán hòu qǔ chū jiān dāo kàn zhǔn wèi zhì　　huá kāi pí ròu　yòng dāo zài tā
然後取出尖刀看準位置，劃開皮肉，用刀在他

shǒu bì de gǔ tou shang lái huí guā
手臂的骨頭上來回刮，
gé qiáng dōu néng tīng dào suǒ suǒ de guā gǔ shēng liú chū de xiān
隔牆都能聽到索索的刮骨聲，流出的鮮
xuè jī hū zhù mǎn le zhěng gè pén zi guān gōng miàn bù gǎi sè háo
血幾乎注滿了整個盆子，關公面不改色，毫
bú dòngróng
不動容。

huà tuó guā jìn le gǔ shang de dú féng hǎo shāng kǒu fū shàng
華佗刮盡了骨上的毒，縫好傷口，敷上
yào liú xià yì fú yào wǎn jù zhòng shǎng jiù gào bié le
藥，留下一服藥，婉拒重賞就告別了。

音節寶庫

聆聽錄音

gong

gōng gōng gōng gōng gōng
攻、躬、蚣、宮、供、
gōng gōng gōng gòng
功、公、恭、貢

yǐ dú gōng dú
以毒攻毒

hú li zài yě wài mì shí shí　　cǎi dào yì tiáo wú gōng　　wú gōng
狐狸在野外覓食時，踩到一條蜈蚣，蜈蚣

hěn shēng qì　　jiù zài hú li de jiǎo shang yǎo le yì kǒu
很生氣，就在狐狸的腳上咬了一口。

hú li gǎn kuài pǎo dào xiǎo hé biān qīng xǐ shāng kǒu　　xiū yǎng le hěn
狐狸趕快跑到小河邊清洗傷口，休養了很

jiǔ cái fù yuán　　cóng cǐ tā duì wú gōng huái hèn zài xīn
久才復原，從此牠對蜈蚣懷恨在心。

hǔ wáng de bèi shang zhǎng le yí gè dú chuāng　　zhǎo hú li yī shēng
虎王的背上長了一個毒瘡，找狐狸醫生

lái kàn bìng
來看病。

hú li xiàng hǔ wáng gōng gōng jìng jìng jū le gè gōng shuō　　　　yī
狐狸向虎王恭恭敬敬鞠了個躬說：「醫

zhì zhè ge bìng yào yǐ dú gōng dú　　dà wáng yào měi tiān chī xià yì tiáo wú
治這個病要以毒攻毒，大王要每天吃下一條蜈

gōng
蚣。」牠要借虎王的手來消滅蜈蚣。

wáng gōng dà chén dōu xiǎng yāo gōng　　jiù guī dìng dòng wù men yào jìn
王公大臣都想邀功，就規定動物們要進

gòng wú gōng　　měi tiān lún liú gōng yìng yì tiáo
貢蜈蚣，每天輪流供應一條。

wú gōng zhī dao zhè shì hú li de dú jì　　jiù lián hé qǐ lai fǎn
蜈蚣知道這是狐狸的毒計，就聯合起來反

kàng　　chéng qiān shàng wàn tiáo wú gōng yì qǐ yǎo sǐ le hú li　　yǒng jìn wáng
抗。成千上萬條蜈蚣一起咬死了狐狸，湧進王

gōng　　hǔ wáng hé dà chén men xià de táo jìn le shēn shān mì lín
宮，虎王和大臣們嚇得逃進了深山密林。

gu

孤^{gū}、辜^{gū}、鴣^{gū}、咕^{gū}、菇^{gū}、
穀^{gǔ}、谷^{gǔ}、鼓^{gǔ}、古^{gǔ}

聆聽錄音

布^{bù}穀^{gǔ}鳥^{niǎo}和^{hé}鷓^{zhè}鴣^{gū}

　　春^{chūn}天^{tiān}到^{dào}了^{le}，山^{shān}谷^{gǔ}裏^{li}百^{bǎi}花^{huā}齊^{qí}放^{fàng}，小^{xiǎo}蘑^{mó}菇^{gu}也^{yě}一^{yí}
個^{gè}個^{gè}從^{cóng}草^{cǎo}叢^{cóngzhōng}中探^{tàn}出^{chū}了^{le}頭^{tóu}。

　　布^{bù}穀^{gǔ}鳥^{niǎo}忙^{máng}碌^{lù}起^{qǐ}來^{lai}了^{le}，牠^{tā}整^{zhěng}天^{tiān}敞^{chǎng}開^{kāi}喉^{hóu}嚨^{lóng}高^{gāo}
唱^{chàng}「布^{bù}穀^{gǔ}布^{bù}穀^{gǔ}，快^{kuài}快^{kuài}布^{bù}穀^{gǔ}！」人^{rén}們^{men}聽^{tīng}到^{dào}了^{le}牠^{tā}的^{de}歌^{gē}
聲^{shēng}，就^{jiù}下^{xià}田^{tián}翻^{fān}土^{tǔ}播^{bō}種^{zhǒng}，不^{bù}辜^{gū}負^{fù}一^{yí}片^{piàn}大^{dà}好^{hǎo}春^{chūn}光^{guāng}。

　　孤^{gū}獨^{dú}的^{de}鷓^{zhè}鴣^{gū}鳥^{niǎo}來^{lái}找^{zhǎo}布^{bù}穀^{gǔ}鳥^{niǎo}做^{zuò}朋^{péng}友^{you}，
說^{shuō}：「你^{nǐ}唱^{chàng}得^{de}這^{zhè}麼^{me}好^{hǎo}聽^{tīng}，而^{ér}我^{wǒ}呢^{ne}，一^{yì}

開口只能發出咕、咕的聲音，真難聽！」

布穀鳥語重心長地對鷓鴣說：「自古以來，我用歌聲喚醒人們別忘記春耕，這是我的職責；而你有別的用處，你能幫助人們變得身強力壯，天生我才必有用啊！」

在布穀鳥的鼓勵下，鷓鴣再也不自卑了，也交到了很多朋友。

13

音節寶庫

guan

guān guān guān guǎn guàn
冠、觀、關、管、罐、
guàn guàn guàn
鸛、貫、慣

聆聽錄音

鸛雀樓
guàn què lóu

guàn què shì yì zhǒng shuǐ niǎo zhǎng de hěn xiàng hè yě yǒu jiān zuǐ
鸛雀是一種水鳥，長得很像鶴，也有尖嘴

hé cháng tuǐ dàn shì tóu shang méi yǒu hè de hóng guān yí guàn bǔ yú wéi
和長腿，但是頭上沒有鶴的紅冠，一貫捕魚為

shí
食。

yǒu yí cì yì zhī guàn què zài xún zhǎo shuǐ yuán shí lí le
有一次，一隻鸛雀在尋找水源時，離了

qún tā zài cǎo yuán shang fā xiàn le yí gè yóu rén liú xià de shuǐ guàn
羣。牠在草原上發現了一個遊人留下的水罐

zi lǐ miàn hái yǒu yì diǎn shuǐ kě shì tā de zuǐ shēn bu jìn shuǐ guàn
子，裏面還有一點水，可是牠的嘴伸不進水罐。

tā tīng dào guò guān yú wū yā hē shuǐ de guàn yòng fāng fǎ biàn bǎ
牠聽到過關於烏鴉喝水的慣用方法，便把

yí kuài kuài xiǎo shí zi tóu jìn shuǐ guàn zhè ge bàn fǎ guǒ rán guǎn yòng shuǐ
一塊塊小石子投進水罐。這個辦法果然管用，水

miàn shàng shēng le　　　tā hē dào le shuǐ
面上升了，牠喝到了水。

　　hē shuǐ hòu　　guàn què de jīng shén dà zhèn　　tā fēi shàng bàn kōng
　　喝水後，鸛雀的精神大振。牠飛上半空

guān chá sì zhōu　　yáo jiàn yuǎn chù wù qì mí màn　　biàn nǔ lì xiàng qián fēi
觀察四周，遙見遠處霧氣瀰漫，便努力向前飛

qù
去。

　　dà hé dōng àn yǒu yí zuò wēi é de gāo lóu　　tā de tóng bàn men
　　大河東岸有一座巍峨的高樓，牠的同伴們

dōu zài cǐ qī xī　　tā men tuán jù le　　zhè zuò fēng jǐng xiù lì de lóu
都在此棲息，牠們團聚了。這座風景秀麗的樓

jiù shì zhù míng de guàn què lóu
就是著名的鸛雀樓。

15

音節寶庫

聆聽錄音

gui

| guī | guī | guī | guī | guǐ |
| 瑰 | 歸 | 龜 | 規 | 鬼 |

| guǐ | guì | guì | guì | guì |
| 軌 | 劊 | 跪 | 桂 | 貴 |

mèng mǔ sān qiān
孟母三遷

mèng mǔ dài zhe mèng zǐ zhù zài miào yǔ páng zhěng rì yǒu jìng bài
孟母帶着孟子住在廟宇旁，整日有敬拜

guǐ shén de shàn nán xìn nǚ lái miào yǔ shāo xiāng guì bài mèng zǐ zài jiā
鬼神的善男信女來廟宇燒香跪拜，孟子在家

zhōng jiù xué zhe bài shén hái nòng lái wū guī ké zuò zhān bǔ
中就學着拜神，還弄來烏龜殼作占卜。

mèng mǔ bú yuàn mèng zǐ xué zuò zhè xiē shì tā men mǎ shàng bān
孟母不願孟子學做這些事，他們馬上搬

jiā xīn jiā zài yì suǒ tú zǎi chǎng fù jìn
家，新家在一所屠宰場附近。

16

孟子看到屠夫宰牛殺羊，歸來後也學着用木刀砍貓狗。孟母不願兒子長大了當劊子手，又搬了家。

這次搬到一所學校旁，孟子每日聽到書聲琅琅，也吵着要上學。孟母欣喜地想道：孩子這才上了正軌！

她送孟子上學，訂立了嚴格的家規。庭院內遍種了玫瑰和桂花，四季有花香陪伴着孟子讀書。

孟母三遷為後人教育子女提供了寶貴的教訓。

拼音 遊樂場 **1**

練習內容涵蓋本書音節 gan 至 gui
由第 6 頁至第 16 頁

一 將正確的音節和圖片連起來

| wū guī | gōng yuán | mó gu | gē ge |

① ② ③ ④

二 請為以下的拼音標上正確的聲調 ˇ ´ ¯ ˋ

① 乾淨　gan jìng

② 公雞　gong jī

③ 古代　gu dài

④ 桂花　gui huā

18

| guì zi | gōng jiāo chē | gē zi | xiǎo gǔ |

1

2

3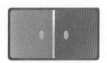

4

四 我會拼讀，我會寫

1 g + an = ☐ **2** g + u = ☐

3 g + uan = ☐ **4** g + ui = ☐

音節寶庫

han

hān hán hán hán hǎn
憨、寒、涵、汗、罕、
hàn hàn hàn hàn
漢、憾、撼、悍

聆聽錄音

chéng jí sī hán
成吉思汗

　　鐵木真誕生在一個寒冷的冬夜，父親是蒙古族的一位彪悍的首領。

　　鐵木真長大後果真像他的名字一樣堅強。

　　他武藝高強，生性憨厚，深得族人愛戴。遺憾的是他父親早死，鐵木真經過近二十年的浴血奮戰，建立大蒙古國，被尊稱為成吉思汗。

　　成吉思汗是一位罕見的優秀軍事家和政治家。他和子孫們用了近八十年的時間統一中

guó jié shù le táng mò yǐ lái de fēn liè jú miàn diàn dìng le zhōng guó
國，結束了唐末以來的分裂局面，奠定了中國

jiāng yù de guī mó tā yě xī shōu hàn zú de jiàn guó zhì dù bāo hán
疆域的規模。他也吸收漢族的建國制度，包涵

huá xià wén míng chéng guǒ bìng qīn zì shuài bīng jìn xíng zhèn hàn shì jiè de
華夏文明成果，並親自率兵進行震撼世界的

xī zhēng cù jìn le zhōng xī kē jì de jiāo liú tā duì zhōng guó hé shì
西征，促進了中西科技的交流，他對中國和世

jiè lì shǐ fā zhǎn de gòng xiàn shì jí qí wěi dà de
界歷史發展的貢獻是極其偉大的。

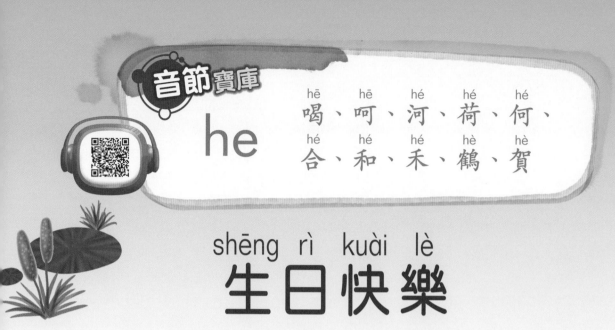

音節寶庫

he

hē hē hé hé hé
喝、呵、河、荷、何、
hé hé hé hè hè
合、和、禾、鶴、賀

shēng rì kuài lè
生日快樂

xià tiān dào le　　tián li de　hé miáo lǜ yóu yóu de　　zhǎng de hěn
夏天到了，田裏的禾苗綠油油的，長得很

hǎo　　hé li hóng bái hé huā shèng kāi　　qīng xiāng pū bí
好。河裏紅白荷花盛開，清香撲鼻。

　　yì zhī dān dǐng hè　lái dào hé biān hē shuǐ　　zhǐ jiàn qīng wā jiā zú
一隻丹頂鶴來到河邊喝水，只見青蛙家族

jù jí zài yì zhāng zhāng dà hé yè shang　　gè gè lè hē hē de　　zhèng zhāng
聚集在一張張大荷葉上，個個樂呵呵的，正張

kāi dà kǒu jìn xíng dà hé chàng　　guā guā guā　　　guā guā guā
開大口進行大合唱：「呱呱呱……呱呱呱……」

dān dǐng hè jīng yà de wèn dào　　　jīn tiān shì shén me rì zi ya
丹頂鶴驚訝地問道：「今天是什麼日子呀？

　　wèi hé nǐ men zhè yàng kuài lè de jù zài
為何你們這樣快樂地聚在

yì qǐ
一起？」

yì zhī xiǎo qīng wā huí dá shuō wǒ men zhèng zài chàng shēng rì gē
一隻小青蛙回答說：「我們正在唱生日歌

qìng hè mǔ qīn de shēng rì ne nǐ hé wǒ men yì qǐ chàng ba
慶賀母親的生日呢，你和我們一起唱吧！」

dān dǐng hè shuō kě shì wǒ bú huì chàng gē zhè yàng
丹頂鶴說：「可是，我不會唱歌，這樣

ba shuō zhe tā yòng cháng huì zhuó xià yì duǒ jiāo yàn de hóng hé
吧……」說着，牠用長喙啄下一朵嬌艷的紅荷

huā sòng dào qīng wā mā ma miàn qián zūn jìng de qīng wā mǔ qīn zhù
花，送到青蛙媽媽面前：「尊敬的青蛙母親，祝

nǐ shēng rì kuài lè
你生日快樂！」

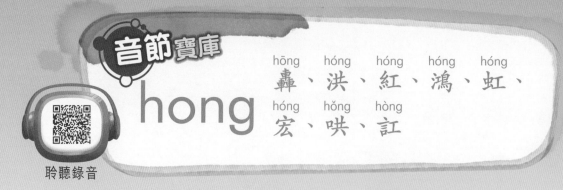

音節寶庫

hong

hōng hóng hóng hóng hóng
轟、洪、紅、鴻、虹、
hóng hǒng hòng
宏、哄、訌

聆聽錄音

敵機來襲
dí jī lái xí

yuǎn chù kōng zhōng fēi lái yì pái hēi yǐng　shì yì qún hóng yàn ma
遠處空中飛來一排黑影，是一羣鴻雁嗎？

wū　　　xiǎng qǐ le kōng xí jǐng bào
「嗚……」響起了空襲警報。

dí jī lái le　　dà jiā gǎn kuài duǒ jìn fáng kōng dòng　　cūn
「敵機來了，大家趕快躲進防空洞！」村

zhǎng de hóng liàng sǎng yīn zháo jí de cuī cù zhe
長的洪亮嗓音着急地催促着。

cūn mín men fú lǎo xié yòu pǎo jìn dòng li　　hái zi xià de dà kū
村民們扶老攜幼跑進洞裏。孩子嚇得大哭，

mǔ qīn gǎn kuài hǒng tā men bié chū shēng
母親趕快哄他們別出聲。

liǎng gè nán rén wèi le zhēng duó zuò dì chǎo le qǐ lai　　cūn zhǎng lián
兩個男人為了爭奪坐地吵了起來，村長連

máng quàn zǔ shuō　　dà jiā qiān wàn yào ān jìng　bié qǐ nèi hòng
忙勸阻說：「大家千萬要安靜，別起內訌！」

敵機的一陣轟炸毀了不少村屋，地面上出現一堆堆紅色的火光。洪老伯的小店舖也被夷為平地，他傷心得哭起來。

村長安慰他說：「等我們打跑了敵人重建家園，你一定會再次大展宏圖的！」

雨後的天空出現了一道彩虹，在村民們的心中燃起希望。

hu

呼、乎、忽、糊、蝴、
狐、猢、鬍、虎、互

shuí zuì yǒng gǎn
誰最勇敢？

hú li hé hú sūn hù bù fú qì　　dōu shuō zì jǐ dǎn zi dà
狐狸和猢猻互不服氣，都說自己膽子大。

tā liǎ yào bǐ sài yí xià　　shuí néng bá xià lǎo hǔ de yì gēn hú zi
他倆要比賽一下：誰能拔下老虎的一根鬍子，

誰就是最勇敢的。

　　狐狸使出他一貫的狡猾做法，招呼老虎說：「大王，你的皮毛真漂亮啊！能讓我摸摸嗎？」虎王對他的獻媚毫不在乎。

　　狐狲忽然想到了一條妙計：他找到了虎王鍾愛的蝴蝶，請她在飛近老虎時拔根鬍子。

　　蝴蝶說：「我的力氣不夠，拔不下來。」

她找她的好朋友蜜蜂幫忙。

　　蜜蜂準備了一根麻醉針，趁虎王不備時扎了一針。虎王迷迷糊糊地沉睡過去，狐狲拿到了他要的東西。

　　狡猾的狐狸還是比不過聰明的狐狲。

音節寶庫

hua

huā huá huá huá huá
花、劃、划、華、嘩、

huá huà huà huà
滑、畫、化、樺

聆聽錄音

chūn tiān de gōng yuán
春天的公園

dōng qù chūn lái　　xiǎo míng xiōng dì liǎ gēn bà mā dào nèi dì qù lǚ
冬去春來，小明兄弟倆跟爸媽到內地去旅

xíng　xīn shǎng zhōng huá dà dì de yí piàn dà hǎo chūn guāng
行，欣賞中華大地的一片大好春光。

tā men lái dào yí gè zhù míng de gōng yuán　guāng tū tū de bái huà
他們來到一個著名的公園。光秃秃的白樺

shù shang mào chū le nèn yá　　yí piàn qīng lǜ　　jié bīng de hú miàn shang
樹上冒出了嫩芽，一片青綠。結冰的湖面上，

bīng kuài yǐ jing róng huà le　　yǒu yóu rén zū le xiǎo chuán zài huá chuán yóu
冰塊已經融化了，有遊人租了小船在划船游

hú　chuán jiǎng zài píng jìng de hú miàn huá chū yí dào dào bō wén　　hú àn
湖，船槳在平靜的湖面劃出一道道波紋。湖岸

sì zhōu de chuí liǔ suí fēng piāo dàng　　táo huā　méi huā　yīng huā　　lǐ
四周的垂柳隨風飄盪，桃花、梅花、櫻花、李

huā　yíng chūn huā xiāng jì kāi fàng　hóng hóng lǜ lǜ　huáng huáng bái bái
花、迎春花相繼開放，紅紅綠綠、黃黃白白，

hǎo yì fú měi lì de tú huà
好一幅美麗的圖畫！

ér tóng yóu lè chǎng li rén shēng xuān huá chuān zhe chūn zhuāng de hái
兒童遊樂場裏人聲喧嘩，穿着春裝的孩

zi men yǒu de zài wán huá tī yǒu de zài dǎ qiú yǒu de zài qí mù
子們有的在玩滑梯，有的在打球，有的在騎木

mǎ xiǎo míng xiōng dì liǎ yě wán le gè tòng kuai
馬……小明兄弟倆也玩了個痛快。

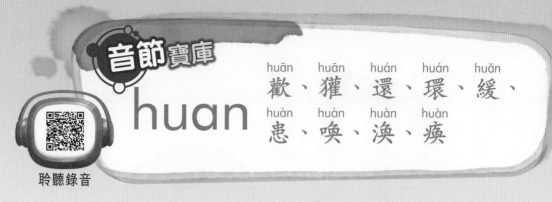

音節寶庫

huan

huān huān huán huán huǎn
歡、獾、還、環、緩、

huàn huàn huàn huàn
患、喚、渙、瘓

聆聽錄音

bú sù zhī kè
不速之客

　　bàn yè　　shān qū yì jiā zhù hù de yuàn zi li chuán lái yí zhèn měng
半夜，山區一家住戶的院子裏傳來一陣猛

liè de gǒu fèi shēng
烈的狗吠聲。

　　zhǔ rén chū qu yí kàn　　zì jiā de dà láng gǒu jiǎo cǎi zhe yì tóu
主人出去一看，自家的大狼狗腳踩着一頭

hǎo xiàng shì yě zhū de dòng wù　　jiào huàn zhe yào zhǔ rén lái kàn tā de zhàn
好像是野豬的動物，叫喚着要主人來看牠的戰

jì
績。

　　nà tóu dòng wù tān huàn zài dì　　jǐng bó bèi láng gǒu yǎo le yí dà
那頭動物癱瘓在地，頸脖被狼狗咬了一大

kǒu　　zhèng liú zhe xuè　　tā hū xī huǎn màn　　mù guāng huàn sàn　　yǎn yǎn
口，正流着血。牠呼吸緩慢，目光渙散，奄奄

yì xī
一息。

　　dì èr tiān dòng wù zhuān jiā bǎ zhè tóu dòng wù yùn zǒu le　　jiàn dìng
第二天動物專家把這頭動物運走了，鑒定

30

^{hòu}後 ^{huán}還 ^{gěi}給 ^{le}了 ^{zhǔ}主 ^{rén}人。

　　^{zhuān}專 ^{jiā}家 ^{shuō}説，^{zhè}這 ^{shì}是 ^{yì}一 ^{tóu}頭 ^{gǒu}狗 ^{huān}獾，^{xià}下 ^{shān}山 ^{lái}來 ^{mì}覓 ^{shí}食，^{wù}誤 ^{chuǎng}闖 ^{jìn}進 ^{láng}狼 ^{gǒu}狗 ^{de}的 ^{lóng}籠 ^{zi}子。^{tā}牠 ^{de}的 ^{wěi}尾 ^{ba}巴 ^{xiàng}像 ^{gǒu}狗，^{tóu}頭 ^{bù}部 ^{xiàng}像 ^{zhū}豬，^{qián}前 ^{zhuǎ}爪 ^{xì}細 ^{cháng}長 ^{wān}彎 ^{qū}曲 ^{chéng}成 ^{huán}環 ^{xíng}形，^{shì}是 ^{zá}雜 ^{shí}食 ^{dòng}動 ^{wù}物，^{zhòu}晝 ^{fú}伏 ^{yè}夜 ^{chū}出。

　　^{huān}獾，^{zhè}這 ^{ge}個 ^{zì}字 ^{de}的 ^{fā}發 ^{yīn}音 ^{rú}如 ^{tóng}同「^{huān}歡」。^{tā}牠 ^{de}的 ^{pí}皮 ^{máo}毛 ^{zhēn}珍 ^{guì}貴，^{huān}獾 ^{yóu}油 ^{kě}可 ^{zhì}治 ^{tàng}燙 ^{shāng}傷，^{shì}是 ^{wèi}胃 ^{kuì}潰 ^{yáng}瘍 ^{huàn}患 ^{zhě}者 ^{de}的 ^{liáng}良 ^{yào}藥，^{shì}是 ^{yì}一 ^{zhǒng}種 ^{shòu}受 ^{bǎo}保 ^{hù}護 ^{dòng}動 ^{wù}物。

音節寶庫

huang

聆聽錄音

huāng　huāng　huáng　huáng　huáng
荒、慌、蝗、惶、黃、
huáng　huáng　huǎng
蟥、徨、恍

dào tián zhī zāi
稻田之災

nóng fū zài dào tián chú cǎo　　liè rì shài de tā mǎn shēn shì hàn
農夫在稻田除草，烈日曬得他滿身是汗，

jīng shén huǎng hū
精神恍惚。

hū rán　　tā zuǒ bian de xiǎo tuǐ bèi cì le yí xià　　yì tiáo féi dà
忽然，他左邊的小腿被刺了一下，一條肥大

的螞蟥正在他的小腿上拚命吸血。

「啪！」他用力把螞蟥拍打了下來。「哼，又想來吸我的血！」

傍晚，天空中颳起一陣怪風，一片黃色煙霧向這邊蔓延過來。

農夫慌了，大叫道：「不好了，蝗蟲飛來了！」一羣蝗蟲飛落在剛結穗的稻田裏大吃起來，村民們都惶恐萬分，有的敲鑼打鼓趕蟲，有的在田頭點火，用煙霧來燻走蟲羣。

他們救災不成，不一會兒，整片稻田已經被蝗羣毀掉，只剩下荒地一塊。農民們彷徨失措，未來一年的日子不知道該怎麼過了。

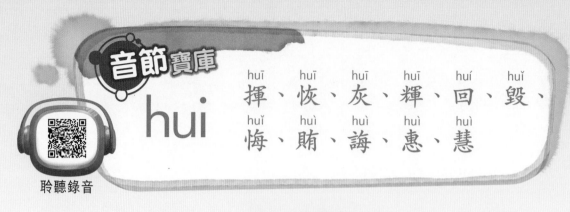

音節寶庫

hui

huī huī huī huī huí huǐ
揮、恢、灰、輝、回、毀、

huǐ huì huì huì huì
悔、賄、誨、惠、慧

聆聽錄音

xīn shēng 新生

chén tiān míng shì gè cōng huì de nián qīng rén　　zì yòu tā fù qin
陳天明是個聰慧的年青人，自幼他父親

jiào dǎo tā yào rèn zhēn dú shū　jiǎo tà shí dì zuò rén　tā yì zhí jì
教導他要認真讀書，腳踏實地做人。他一直記

zhe fù qin de jiào huì　dà xué bì yè hòu jìn rù yì jiān dà yín háng gōng
着父親的教誨，大學畢業後進入一間大銀行工

zuò　shēng dào le jīng lǐ jí
作，升到了經理級。

kě shì　yí cì de tān xīn　huǐ le tā de guāng huī qián tú
可是，一次的貪心，毀了他的光輝前途。

dǐ bú zhù yí gè sǔn yǒu de yòu huò　tā jiē shòu le yì bǐ huì
抵不住一個損友的誘惑，他接受了一筆賄

lù　yǐ wéi shén bù zhī guǐ bù jué　dàn shì tiān wǎng huī huī　dōng chuāng
賂，以為神不知鬼不覺，但是天網恢恢，東窗

事發，他進了監獄，後悔莫及。

出獄之後，回到了溫暖的家。在賢惠妻子的鼓勵下，他並沒有灰心喪氣。揮一揮手，告別過去，重新投入社會找工作，開始了他的新生。

音節寶庫

huo

huó	huǒ	huǒ	huò	huò
活	火	伙	禍	穫

huò	huò	huò	huò
獲	或	貨	惑

聆聽錄音

lǎo wēng shī mǎ
老翁失馬

cóng qián yǒu gè shāng rén　　zài jiāo yì zhōng huò dé le yì pǐ jùn
從前有個商人，在交易中獲得了一匹駿

mǎ
馬。

36

一天，他的駿馬失蹤了。別人都為他着急，他卻笑笑説：「不必擔心，是禍是福還不知道呢。」

過了幾天，他的駿馬自己回來了，還帶回來一匹小馬。他高興地説：「我的收穫真大呀，多了一匹馬替我載貨幹活兒。」

他的兒子喜歡那匹小馬，騎着牠飛奔，結果摔斷了腿。別人都説是小馬帶來的禍害。

敵國入侵，政府要小伙子參軍上前線打仗。他兒子因為傷殘而免了服役，家裏高興得放煙火慶賀。

別人很疑惑：他丟了馬，究竟是禍，或是福？

拼音 遊樂場 ②

練習內容涵蓋本書音節 han 至 huo
由第 20 頁至第 36 頁

一 請選出正確的拼音 ☑ ▲

1 
- ☐ lǎo hǔ
- ☐ lǎo hú

2 
- ☐ hōng sè
- ☐ hóng sè

3 
- ☐ hē shuǐ
- ☐ hé shuǐ

4 
- ☐ tú huā
- ☐ tú huà

二 請為以下的拼音標上正確的聲調 ˇ ／ ¯ ＼ ▲

1 紅旗　hong qí

2 歡樂　huan lè

3 彗星　hui xīng

4 保護　bǎo hu

| hé liú | hàn bǎo | huò chē | huā duǒ |

1

2

3

4

四 我會拼讀，我會寫

1 h ＋ e ＝ ☐

2 h ＋ ong ＝ ☐

3 h ＋ uang ＝ ☐

4 h ＋ uo ＝ ☐

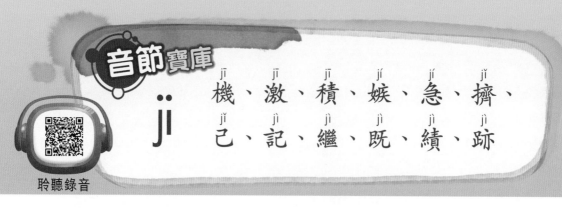
yóu xì jī fēng bō
遊戲機風波

bà ba mǎi le yí bù yóu xì jī gěi liǎng gè hái zi zuò xīn nián lǐ
爸爸買了一部遊戲機給兩個孩子作新年禮
wù xiǎng bu dào què jī qǐ le xiōng mèi zhī jiān de zhēng chǎo
物，想不到卻激起了兄妹之間的爭吵。

gē ge zǒng shì qiǎng zài shǒu li bú fàng mèi mei jǐ zài tā shēn biān
哥哥總是搶在手裏不放，妹妹擠在他身邊
rǎng zhe yě yào wán mā ma shuō wǒ gěi nǐ men jì shí jiān měi rén
嚷着也要玩。媽媽說：「我給你們記時間，每人
wán shí fēn zhōng dàn shì gē ge dào shí hou què shě bù dé fàng xià yì
玩十分鐘。」但是哥哥到時候卻捨不得放下，一
xīn xiǎng zì jǐ jì xù wán zǒng shì pò huài guī ju
心想自己繼續玩，總是破壞規矩。

mèi mei kàn jian gē ge wán de shí jiān cháng jī qǐ lai de fēn shù yòu
妹妹看見哥哥玩的時間長，積起來的分數又
duō jì shāng xīn yòu jí dù cháng cháng kū zhe xiàng mā ma gào zhuàng
多，既傷心又嫉妒，常常哭着向媽媽告狀。

liǎng rén fàng xué hòu bú rèn zhēn zuò gōng kè　　chén mí zài dǎ jī
兩人放學後不認真做功課，沉迷在打機。

gōng kè de zì jì xiě de liáo cǎo　　cè yàn de chéng jì xià jiàng le
功課的字跡寫得潦草，測驗的成績下降了。

mā ma jí de shōu qǐ le yóu xì jī　　shuí yě bù néng zài wán
媽媽急得收起了遊戲機，誰也不能再玩。

音節寶庫

jiā jiā jiā jiā jiá
家、佳、傢、嘉、頰、

jiǎ jià jià jià jià
假、假、價、架、嫁

jia

聆聽錄音

xiǎo yí chū jià
小姨出嫁

wǒ de xiǎo yí yào chū jià le　　quán jiā rén dōu wèi tā de hūn shì
我的小姨要出嫁了，全家人都為她的婚事

zài máng lù
在忙碌。

　　yí zhàng hé xiǎo yí dōu qǐng le　yì zhěng tiān de shì jià qù pāi jié hūn
姨丈和小姨都請了一整天的事假去拍結婚

zhào　　mā ma bāng xiǎo yí qù tiāo xuǎn jiā jù　　chuáng guì　　fàn zhuō
照，媽媽幫小姨去挑選傢具。牀、櫃、飯桌、

shā fā　　shū zhuō　　shū jià　　chú jù　　shí jù　　　mā ma dōu yào
沙發、書桌、書架、廚具、食具⋯⋯媽媽都要

tiāo xuǎn shàng jiā de　　shuō zhè cái pèi de shàng xīn mǎi de fáng zi　　xiǎo yí
挑選上佳的，說這才配得上新買的房子。小姨

què shuō　　　pǔ tōng de jiù kě yǐ le　　　jià qián bú yào tài gāo de
卻說：「普通的就可以了，價錢不要太高的，

shěng xiē qián ba　　　mā ma shuō　　　nǐ zhēn huì chí jiā
省些錢吧。」媽媽說：「你真會持家。」

婚禮那天，來了很多嘉賓。看見婚宴上那個巨大的三層蛋糕，我問小姨：「這個蛋糕是真的還是假的？」不知道為什麼，小姨聽了我的問話羞紅了臉頰。

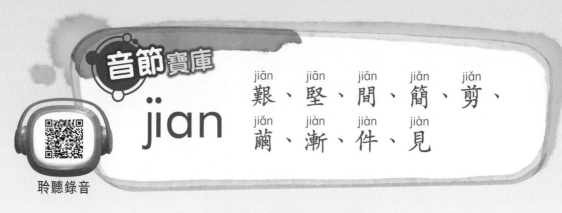

jian

jiān	jiān	jiān	jiǎn	jiǎn
艱	堅	間	簡	剪

jiǎn	jiàn	jiàn	jiàn
繭	漸	件	見

聆聽錄音

cán bǎo bao

蠶寶寶

　　yí gè xiǎo nǚ hái gēn zhe mā ma dào nóng cūn qù　　zài yì jiān nóng
　　一 個 小 女 孩 跟 着 媽 媽 到 農 村 去 ，在 一 間 農

wū li jiàn dào mǎn pán cán chóng　xià de pǎo le chū lai
屋 裏 見 到 滿 盤 蠶 蟲 ，嚇 得 跑 了 出 來 。

　　nóng fù wèn tā　　　　xiǎo gū niang　　nǐ zhī dao nǐ shēnshang zhè jiàn
　　農 婦 問 她 ：「小 姑 娘 ，你 知 道 你 身 上 這 件

綢裙是怎麼來的嗎？」

小女孩搖搖頭。農婦說：「你看，我們每天一早摘下這些新鮮的綠桑葉給蠶餵食，十分細心地呵護牠們，蠶蟲漸漸變得粗壯，二十幾天後就會爬上竹籠，從嘴裏吐出堅固的絲來結成繭子。把絲從繭子上抽出來，織成漂亮的絲綢，再經過裁縫的裁剪縫製，你才能穿上這條綢裙啊。」

小女孩這才明白，絲綢的製作很不簡單，是個艱辛的過程。這些扭動着的蠶蟲，都是寶貝呀。

音節寶庫

jiāng jiāng jiǎng jiǎng jiǎng
將、漿、槳、講、獎、
jiàng jiàng jiàng
醬、降、匠

jiāng

聆聽錄音

kāi xīn de yì tiān
開心的一天

xiǎo xióng kǎo shì chéng jì yǒu jìn bù　xióng mā ma shuō yào hǎo hǎo
小熊考試成績有進步，熊媽媽説要好好

jiǎng lì tā　xīng qī tiān quán jiā qù yě cān
獎勵他，星期天全家去野餐。

mā ma zhì zuò le xiǎo xióng ài chī de píng guǒ jiàng jiā sān míng zhì
媽媽製作了小熊愛吃的蘋果醬夾三明治，

zhà le xīn xian dòu jiāng　dài le shuǐ guǒ　lái dào dà hú biān
榨了新鮮豆漿，帶了水果，來到大湖邊。

xióng bà ba shì gè hǎo mù jiang　tā yòng lín zhōng de kū shù gàn
熊爸爸是個好木匠，他用林中的枯樹幹

zuò le yì zhī xiǎo mù chuán hé liǎng zhī mù jiǎng　shuō　bǐ bu shàng
做了一隻小木船和兩支木槳，説：「比不上

diàn li mǎi de　jiāng jiù zhe yòng ba　xiǎo xióng hé bà ba gāo xìng de
店裏買的，將就着用吧。」小熊和爸爸高興地

zài hú zhōng huá chuán
在湖中划船。

46

野餐之後，熊媽媽給小熊講故事。一架遙控小飛機降落在他們身旁，小熊高興得跳了起來，說：「這是天賜給我的禮物！」

熊爸爸說：「別人的東西，我們不能拿。」

果然，小鹿找飛機來了。他和小熊一起玩遙控飛機，小熊這一天玩得真開心啊。

音節寶庫

jiao

jiāo	jiāo	jiāo	jiāo	jiāo
教	蕉	嬌	跤	驕

jiáo	jiǎo	jiǎo	jiǎo	jiào
嚼	攪	腳	餃	較

聆聽錄音

bāo jiǎo zi
包餃子

xīn nián jià qī li　　jùn jùn qǐng tóng xué men lái zì jǐ jiā　cháng
新年假期裏，俊俊請同學們來自己家，嘗

cháng běi fāng de jiǎo zi
嘗 北方的餃子。

志明提着一大串香蕉來作客，出門時摔了一跤，還好沒傷了腳，準時來到。

同學們都好奇地要動手包餃子。俊俊媽媽攪好了肉餡，擀好了餃子皮，就教他們包。

幾個從來不做家務的嬌滴滴的女孩子今天也動手包得很高興，男女同學嘻嘻哈哈地邊包餃子邊説笑，大家還比較誰的餃子包得最漂亮。

自己動手包的餃子特別香，同學們都大吃大嚼了一頓，心滿意足回家去。

俊俊媽媽的包餃子手藝是一流的，俊俊很為媽媽感到驕傲呢。

jiē jiē jiē jié jié
接、街、階、截、節、

jié jié jiě jiè jiè
潔、捷、姐、誡、界

jie

聆聽錄音

yā zi shàng jiē

鴨子上街

　　yā mā ma yǒu shí èr gè hái zi　　jīn tiān guò jié　　tā yào dài hái
　　鴨媽媽有十二個孩子，今天過節，她要帶孩
zi shàng jiē　　jiàn jian shì miàn　　kāi kai yǎn jiè　　zhè shì yí jiàn dà shì
子上街，見見世面，開開眼界，這是一件大事
ya
呀。

　　tā gào jiè hái zi men　　chū wài yí dìng yào pái hǎo duì　　yí gè
　　她告誡孩子們：出外一定要排好隊，一個
jiē zhe yí gè　　bù néng lí duì　　bù néng zǒu sàn
接着一個，不能離隊，不能走散。

　　yā mā ma zǒu zài qián mian dài duì　　ràng zuì jī líng mǐn jié de yā dà
　　鴨媽媽走在前面帶隊，讓最機靈敏捷的鴨大
jiě zǒu zài duì wǔ de zuì hòu mian　　xiǎo yā zi men dì yī cì shàng jiē
姐走在隊伍的最後面。小鴨子們第一次上街，

東張西望，十分興奮。

啊，大街上這麼清潔，這麼美麗，有很多

漂亮的房屋和樹木，車來人往，非常熱鬧。

這支浩浩蕩蕩的鴨隊伍吸引了很多行人，

警察叔叔截住了車輛讓他們上下台階，安安全

全穿過馬路。很多人還拿出相機攝

下了這幅有趣的畫面。

51

音節寶庫

jīn
金、

jīn
今、

jīn
津、

jǐn
錦、

jǐn
緊、

jǐn
僅、

jǐn
謹、

jìn
禁、

jìn
近、

jìn
進

jìn

聆聽錄音

lǎo rén de huā yuán
老人的花園

lǎo rén yǒu yí zuò jīn bì huī huáng de dà wū　　lián dài zhe yí gè
老人有一座金碧輝煌的大屋，連帶着一個

piào liang de dà huā yuán　　tā bù xǐ huan bié ren dǎ rǎo　　jǐn shì zì jǐ
漂亮的大花園。他不喜歡別人打擾，僅是自己

yí gè rén zhù　　jiù zài mén kǒu guà le gè
一個人住，就在門口掛了個

jìn zhǐ rù nèi　　de mù pái
「禁止入內」的木牌。

附近的孩子們每天經過這裏，都在門口張望。他們見到花團錦簇的苗圃和花壇，歎息道：「要是能讓我們進去玩玩就好了。」

老人聽到了孩子們的說話，今天就破例開放了一天。

孩子們手拉着手，小心謹慎地進入花園，他們欣賞各種奇花異草，在草地上打滾遊戲，玩得津津有味。他們的笑聲打動了老人寂寞的心，他拆了木牌，緊緊拉着孩子們的手說：「歡迎你們每天來玩！」

音節寶庫

jīng

jīng jīng jīng jīng jǐng
驚、經、精、睛、頸、
jìng jìng jìng jìng jìng
静、敬、竟、鏡、境

聆聽錄音

dài fù zuò zhàng
代父做賬

　　fù qīn kào wēi bó de gōng zī yào yǎng huó hěn duō hái zi　jiā jìng
父親靠微薄的工資要養活很多孩子，家境
shí fēn pín kùn　biàn zài wǎn shang dài rén zuò kuài ji zhàng mù　zhuàn xiē wài
十分貧困，便在晚上代人做會計賬目，賺些外
kuài　dàn shì tā de yǎn jīng yuè lái yuè tòng le　dài le yǎn jìng yě kàn
快。但是他的眼睛越來越痛了，戴了眼鏡也看
bù qīng zì
不清字。

　　shí èr suì de ér zi xiǎng jiǎn qīng fù qīn de fù dān　biàn zài měi
十二歲的兒子想減輕父親的負擔，便在每
wǎn děng fù qīn ān jìng de shuì xià hòu　dài fù qīn zuò zhàng mù　jīng
晚等父親安靜地睡下後，代父親做賬目，經
guò yí gè yuè de nǔ lì　jìng bāng fù qīn duō zhuàn le liù bǎi yuán
過一個月的努力，竟幫父親多賺了六百元。

　　yóu yú shǎo shuì　tā de jīng shén yuè lái yuè chà　xué yè chéng
由於少睡，他的精神越來越差，學業成

54

績下降，父親對他很生氣。

一天晚上，他做賬目時不小心碰落了一本書，父親聽到聲響來看時，見到這場面大吃一驚，緊緊抱着兒子的頸脖大哭。兒子喊道：「尊敬的父親，請你原諒我！」

「倒是你要原諒我啊，乖兒子！」

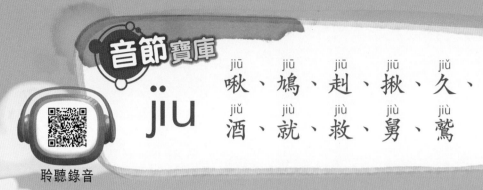

音節寶庫

jiu

jiū	jiū	jiū	jiū	jiǔ
啾	鳩	赳	揪	久

jiǔ	jiù	jiù	jiù	jiù
酒	就	救	舅	鷲

聆聽錄音

tóu dà wú nǎo de bèn jiù
頭大無腦的笨鷲

yì zhī dà jiù xióng jiū jiū de zài tiān kōng zhōng fēi le hěn jiǔ
一隻大鷲雄赳赳地在天空中飛了很久，

jué de dù zi hěn è xià dào dì miàn zhǎo dōng xi chī
覺得肚子很餓，下到地面找東西吃。

tā kàn jian yì zhī bān jiū zài tián li zhuó shí gǔ lì jiù fēi guò
牠看見一隻斑鳩在田裏啄食穀粒，就飛過

qu zhuā tā
去抓牠。

bān jiū dà jīng lián shēng jiū jiū de jiào jiù mìng dà jiù jiū
斑鳩大驚，連聲啾啾地叫救命。大鷲揪

zhù tā bú fàng yǎn kàn jiù yào bǎ tā tūn xià dù
住牠不放，眼看就要把牠吞下肚。

bān jiū xīn shēng yí jì zhāng
斑鳩心生一計，張

kǒu dào jiù gē wǒ zhè xiǎo xiǎo
口道：「鷲哥，我這小小

56

de shēn tǐ zěn néng wèi bǎo nǐ a   jīn tiān wǒ jiù fù shēng rì   bǎi
的 身 體 怎 能 餵 飽 你 啊 ？ 今 天 我 舅 父 生 日 ， 擺

jiǔ yàn qǐngquán zú   wǒ dài nǐ qù bǎo cān yí dùn ba
酒 宴 請 全 族 ， 我 帶 你 去 飽 餐 一 頓 吧 。 」

dà jiù jiù zhuā zhe tā fēi   yào tā zhǐ lù   fēi dào yì kē dà
大 鷲 就 抓 着 牠 飛 ， 要 牠 指 路 。 飛 到 一 棵 大

shù dòng kǒu   bān jiū shuō   wǒ qù bǎ tā men dōu jiào chū lai   tā
樹 洞 口 ， 斑 鳩 説 ： 「 我 去 把 牠 們 都 叫 出 來 ！ 」 牠

yì tóu zuān le jìn qu   xiāo shī de wú yǐng wú zōng
一 頭 鑽 了 進 去 ， 消 失 得 無 影 無 蹤 。

dà jiù bái shēng le gè dà nǎo dai   dòu bú guò yì zhī xiǎo bān
大 鷲 白 生 了 個 大 腦 袋 ， 鬥 不 過 一 隻 小 斑

jiū
鳩 ！

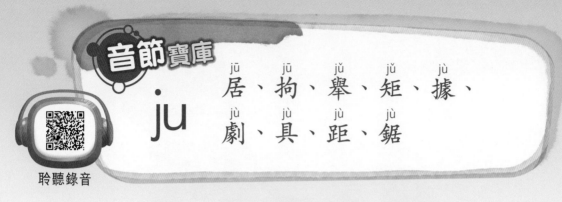

音節寶庫

ju

jū jū jǔ jǔ jù
居、拘、舉、矩、據、

jù jù jù jù
劇、具、距、鋸

聆聽錄音

jù zi de fā míng
鋸子的發明

gǔ shí hou yǒu gè mù jiang　　tā de shǒugōng hěn jīng xì　　hěn shòu rén
古時候有個木匠，他的手工很精細，很受人

men huān yíng
們歡迎。

　　nà shí tā de gōng jù hěn shǎo　　gōng zuò hěn bù fāng biàn　　yóu qí shì
那時他的工具很少，工作很不方便。尤其是

yào bǎ mù bǎn pò kāi shí　　shǒu tóu méi yǒu hé shì de gōng jù　kě yòng
要把木板破開時，手頭沒有合適的工具可用。

　　tā jū zhù zài shānshang　　huí jiā de lù shang　　tā yì zhí zài sī kǎo
他居住在山上，回家的路上，他一直在思考

zhè jiàn shì　　pá shān shí tā de shǒu bèi lù páng de yí piàn yè zi huá le yí
這件事。爬山時他的手被路旁的一片葉子劃了一

xià　　yí zhèn jù tòng　　hái liú le xiě
下，一陣劇痛，還流了血。

　　tā jìn jù lí guān chá zhè piàn yè zi　　fā xiàn yè piàn
他近距離觀察這片葉子，發現葉片

很硬，兩旁是牙齒形的，所以能劃破皮膚。

根據這個原理，他就用鐵片製成了鋸子，用牙齒形的鐵片來鋸木板，輕而易舉。

他就是古代名匠魯班。他的工作不拘一格，還發明了矩尺、水平儀等多種建築工具，為人們造福無窮。

音節寶庫

ke

kē	kē	kē	ké	kě
棵、	顆、	瞌、	咳、	可、

kè	kě	kè	kè
課、	渴、	刻、	客

聆聽錄音

nán hái de shù gǒu
男孩的樹狗

xiǎo nán hái bìng le　　ké sou　　fā shāo　　hún shēn wú lì　　zhěng
小男孩病了，咳嗽、發燒，渾身無力，整

tiān dǎ kē shuì
天打瞌睡。

mā ma shuō　　　nǐ bù néng qù shàng xué le　　zài jiā xiū xi ba
媽媽說：「你不能去上學了，在家休息吧。」

dú zì tǎng zài chuáng shang hǎo mèn ya　　nán hái xiǎng qù shàng kè
獨自躺在牀上好悶呀。男孩想去上課，

huò zhě xī wàng jiā li lái kè rén　　kě yǐ hé tā shuōshuo huà
或者希望家裏來客人，可以和他說說話。

nán hái kàn dào chuāng wài yǒu kē dà shù　　xià mian de shù gàn zhí zhí
男孩看到窗外有棵大樹，下面的樹幹直直

de　　dàn shì shàng mian de fēn zhī wān wān qū qū de　　zǐ xì kàn qù
的，但是上面的分枝彎彎曲曲的。仔細看去，

hā hā　　hǎo xiàng yǒu yì tóu xiǎo gǒu dūn zài shù shang
哈哈，好像有一頭小狗蹲在樹上。

nán hái jīng shén yí zhèn　　pā zài
男孩精神一振，趴在

chuāng kǒu　yǔ　shù gǒu shuō huà
窗口與樹狗說話：

xiǎo gǒu gǒu　　　nǐ zěn me
「小狗狗，你怎麼

yě méi qù shàng xué ne　　shì
也沒去上學呢？是

bu shì yě bìng le　　gěi nǐ
不是也病了？給你

yì　kē táng　　nǐ yào duō hē
一顆糖。你要多喝

shuǐ ma　　　mā ma shuō de
水啊，媽媽說的。

nǐ kě ma　　　nán hái lì kè
你渴嗎？」男孩立刻

ná lái yì　kē táng hé　yì　bēi shuǐ fàng zài
拿來一顆糖和一杯水放在

chuāng kǒu
窗　口。

cóng cǐ nán hái bú pà　jì mò le
從此男孩不怕寂寞了，

tā yǒu tā de shù gǒu péi bàn ne
他有他的樹狗陪伴呢。

一 請選出正確的拼音 ☑ ▲

1

☐ jiàn shēn
☐ jiān shēn

2

☐ yǎn jiǎng
☐ yán jiāng

3

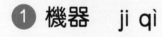

☐ kē dǒu
☐ kě dòu

4

☐ jìng zì
☐ jìng zi

二 請為以下的拼音標上正確的聲調 ˇ ´ ˉ ˋ ▲

1 機器　ji qì

2 家人　jia rén

3 節日　jie rì

4 菊花　ju huā

| huǒ jiàn | xiāng jiāo | jiù hù chē | máo jīn |

1

2

3

4

四 我會拼讀，我會寫

1 j + ia = ☐ 2 j + iao = ☐

3 j + in = ☐ 4 j + iu = ☐

音節寶庫

lan

聆聽錄音

lán　lán　lán　lán　lán
籃、蘭、欄、藍、攔、
lǎn　lǎn　lǎn　lǎn　làn
攬、覽、纜、懶、爛

ào zhōu de dòng zhí wù
澳洲的動植物

lì　shī　yì　jiā　qù　ào　zhōu　tàn　wàng　shū　shu　　　shū　shu　dài　tā　men　zuò
麗詩一家去澳洲探望叔叔。叔叔帶他們坐

lǎn　chē　dào　shānshang　qù　cān　guān　ào　zhōudòng　zhí　wù　zhǎn　lǎn　guǎn
纜車到山上去參觀澳洲動植物展覽館。

ào　zhōu　de　dòng　wù　zhōng　zuì　tè　bié　de　shì　shù　xióng　hé　dài　shǔ
澳洲的動物中最特別的是樹熊和袋鼠。

shù　xióng　yì　zhī　zhī　pā　zài　shù　shang　liǎng　zhī　qián zhuǎ　lǎn　zhe　shù　gàn　　bì
樹熊一隻隻趴在樹上，兩隻前爪攬着樹幹，閉

zhe　shuāng　yǎn　　　lǎn　yáng yáng　de　　　rén　men　yě　jiào　tā
着雙眼，懶洋洋的，人們也叫牠

zuò　　　lǎn　xióng　　　　mèi　mei　xiǎng　qù　mō　tā
作「懶熊」。妹妹想去摸牠，

shū　shu　lán　zhù　le　tā　　　shuō　tā　huì　zhuā　rén
叔叔攔住了她，説牠會抓人

de
的。

64

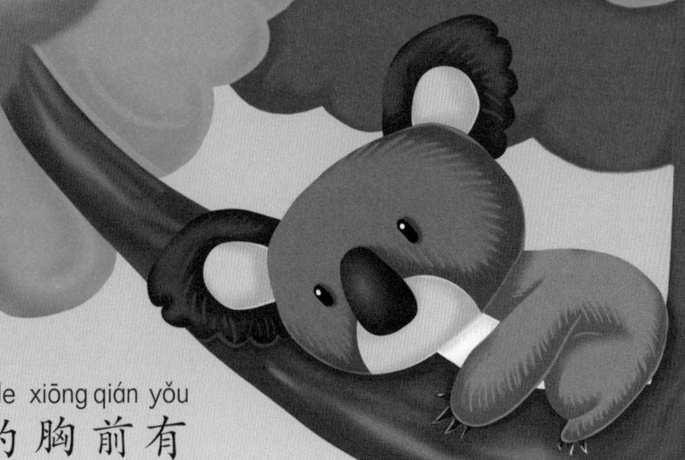

dài shǔ mā ma de xiōng qián yǒu
袋鼠媽媽的胸前有
gè pí dài zi xiǎo dài shǔ hǎo xiàng zuò zài
個皮袋子，小袋鼠好像坐在
lán zi li shēn chū tóu lai shí fēn ān quán lì
籃子裏，伸出頭來，十分安全。麗
shī jiě mèi kě yǐ jìn dào wéi lán zhōng qù wèi shí
詩姐妹可以進到圍欄中去餵食。

zhí wù yuán zhōng yǒu hěn duō lán huā hóng sè
植物園中有很多蘭花，紅色、
zǐ sè huáng sè bái sè hái yǒu lán sè de ne
紫色、黃色、白色，還有藍色的呢，
kě xī yǒu xiē huā yǐ jing diāo xiè le huā bàn làn zài ní
可惜有些花已經凋謝了，花瓣爛在泥
tǔ li shū shu shuō zhè xiē huā bàn kě yǐ huà zuò chūn ní
土裏，叔叔説這些花瓣可以化作春泥
lái hù huā ne
來護花呢。

音節寶庫

lang

lāng láng láng láng láng
嘟、廊、狼、琅、郎、

láng lǎng làng
螂、朗、浪

聆聽錄音

山區讀書郎
shān qū dú shū láng

那是晴朗的一天，記者去山區小學做採訪。
nà shì qíng lǎng de yì tiān　jì zhě qù shān qū xiǎo xué zuò cǎi fǎng

一走上學校的走廊，沒聽到書聲琅琅，卻
yì zǒu shàng xué xiào de zǒu láng　méi tīng dào shū shēng láng láng　què

傳來一陣清脆的童聲合唱，他們唱的是什麼歌
chuán lái yí zhèn qīng cuì de tóng shēng hé chàng　tā men chàng de shì shén me gē

呀？
ya

「小嘛小兒郎呀，背着那書包上學校，不
xiǎo ma xiǎo ér láng ya　bēi zhe nà shū bāo shàng xué xiào　bú

怕大灰狼呀也不怕那蟑螂狂，只怕先生罵我懶
pà dà huī láng ya yě bú pà nà zhāng láng kuáng　zhǐ pà xiān sheng mà wǒ lǎn

哪，沒有學問哪無臉見爹娘！」

記者笑着問學生為什麼説不怕大灰狼和蟑螂。他們説後面山上有狼，有時會下山擾民；學校裏有很多蟑螂，上課時會爬到學生身上……

記者和學生一起哈哈大笑。正在此時，噹啷！噹啷！上課的鐘聲響了，蓋過了大家的大笑聲浪。

音節寶庫

lei

lēi léi léi lěi lěi
勒、雷、擂、蕾、纍、

lěi lèi lèi lèi lèi
累、肋、類、淚、累

聆聽錄音

tù mā ma zhòng píng guǒ
兔媽媽種蘋果

tù mā ma zhòng le mǎn yuán de píng guǒ shù
兔媽媽種了滿園的蘋果樹。

dì yī nián　　yǎn jiàn píng guǒ shù de zhī yè mào shèng zhǎng chū le huā
第一年，眼見蘋果樹的枝葉茂盛，長出了花

lěi　　kāi le huā　　jiē le bù shǎo píng guǒ　　kě xī　　yì chǎng dà léi
蕾，開了花，結了不少蘋果。可惜，一場大雷

yǔ bǎ chéng shú de dà píng guǒ dōu dǎ le xià lai　　méi yǒu shōu chéng　　tù
雨把成熟的大蘋果都打了下來，沒有收成，兔

mā ma yù kū wú lèi
媽媽欲哭無淚。

jīn nián de píng guǒ shù yòu shì guǒ shí lěi lěi　　tù mā ma lè de
今年的蘋果樹又是果實纍纍，兔媽媽樂得

xīn huā nù fàng　　dòng yuán le quán jiā lái zhāi píng guǒ　　píng guǒ zhāi wán le
心花怒放，動員了全家來摘蘋果。蘋果摘完了，

68

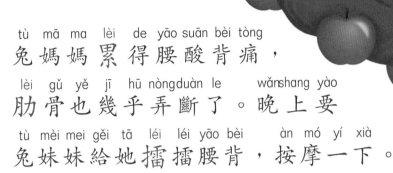

兔媽媽累得腰酸背痛，
肋骨也幾乎弄斷了。晚上要
兔妹妹給她擂擂腰背，按摩一下。

一箱箱分類的蘋果裝上了車，用粗繩子
勒緊，運到市場去。好蘋果賣給酒店，次蘋果
批發給小販。幾年之後，兔媽媽累積了一筆資
金，把三隻小兔送到外國去留學。

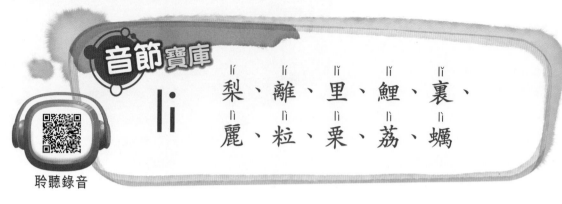

音節寶庫

lí lí lí lí lí
梨、離、里、鯉、裏、
lì lì lì lì lì
麗、粒、栗、荔、蠣

聆聽錄音

fēi zi xiào lì zhī
「妃子笑」荔枝

měi lì de yáng guì fēi bèi xuǎn jìn gōng zhī hòu yīn wèi xiǎng niàn
美麗的楊貴妃被選進宮之後，因為想念

lí bié yǐ jiǔ de qīn rén yì zhí mèn mèn bú lè táng míng huáng dǎ tīng
離別已久的親人，一直悶悶不樂。唐明皇打聽

dào tā píng shí xǐ ài de shí pǐn biàn lìng rén yī yī xiàn shang
到她平時喜愛的食品，便令人一一獻上。

dàn shuǐ lǐ yú tā de jiā xiāng cài kě shì yáng guì fēi yáo
淡水鯉魚，她的家鄉菜，可是楊貴妃搖

tóu
頭。

xiān měi de mǔ lì zhēn guì de hǎi xiān yáng guì fēi hái shi bù
鮮美的牡蠣，珍貴的海鮮，楊貴妃還是不

kāi xīn
開心。

lí zi lì zi shén me zhēn qí yì guǒ tā dōu bú
梨子、栗子……什麼珍奇異果，她都不

要。最後她說了，想

吃嶺南的荔枝！

新鮮的荔枝從數千里

之外，用快馬速遞到京城，送

進宮裏，一路上不知累死了多

少馬匹。一粒荔枝到嘴，楊貴妃這

才展開了笑容。「一騎紅塵妃子笑」，

所以這種進貢的荔枝以後就

叫「妃子笑」。

音節寶庫

lian

聆聽錄音

lián lián lián lián lián
憐、聯、簾、蓮、連、
lián lián liǎn liàn
連、鰱、臉、練

liǎng māo zhuā yú
兩貓抓魚

liǎng zhī liú làng māo zài bàn shān xiāng yù　　tā liǎ dōu shì yòu shòu yòu
兩隻流浪貓在半山相遇，牠倆都是又瘦又

zāng　　yì liǎn kǔ xiàng
髒，一臉苦相。

hāi　　wǒ kàn nǐ hǎo jǐ tiān méi chī bǎo le　　jiǎ māo shuō
「嗨，我看你好幾天沒吃飽了。」甲貓說。

hēng　　qiáo nǐ de kě lián yàng　　bàn jīn bā liǎng ba　　yǐ
「哼，瞧你的可憐樣，半斤八兩吧。」乙

māo huí dá
貓回答。

tā liǎ bù yuē ér tóng zǒu xiàng qù hé biān de lù　　zuān chū shān
牠倆不約而同走向去河邊的路。鑽出山

dòng　　chuān guò shuǐ lián dòng　　lái dào hé biān
洞，穿過水簾洞，來到河邊。

hé shuǐ qīng qīng　　lián huā shèng kāi　　hé miàn qīng fàn zhe yì céng
河水清清，蓮花盛開，河面輕泛着一層

céng lián yī　　hé li yǒu dà dà xiǎo xiǎo de lián yú zài yóu dòng
層漣漪，河裏有大大小小的鰱魚在游動。

甲貓伸爪從右邊去撈，魚兒從牠左邊溜走了。乙貓伸爪從左邊去捕，魚兒從右邊跑掉了。

一連幾次，都白費了功夫。

牠倆決定聯合起來行動。甲乙貓從左右包抄，形成包圍圈。練習了幾次，終於抓到了幾尾鮮魚。

音節寶庫

liang

liáng liáng liáng liáng liǎng
良、涼、糧、樑、兩、

liàng liàng liàng
晾、亮、輛

聆聽錄音

zhuǎn yí liáng shi
轉移糧食

tián li de mài zi gāng gāng shōu gē shàng lai　　zhè jǐ tiān cūn mín men
田裏的麥子剛剛收割上來，這幾天村民們

máng zhe dǎ mài lì　liàng shài mài zi　　tiān liáng hòu jiù yào zhǔn bèi guò dōng
忙着打麥粒、晾曬麥子，天涼後就要準備過冬

le
了。

chuán lái le huài xiāo xi　　dí rén de jūn duì lí cūn zi bù yuǎn
傳來了壞消息：敵人的軍隊離村子不遠

le　tiān liàng zhī qián quán cūn yào chè dào hòu shān qù　　cūn zhǎng yào dà jiā
了。天亮之前全村要撤到後山去。村長要大家

bǎ yí qiè liáng shi dōu shōu jí qǐ lai dài zǒu　　dài bu zǒu de jiù yào xiāo
把一切糧食都收集起來帶走，帶不走的就要銷

huǐ　qiān wàn bù néng luò zài dí rén shǒu zhōng　　wéi dí rén lì yòng
毀，千萬不能落在敵人手中，為敵人利用。

zhè shì jǐn zhāng de yì tiān　　jiā jiā bǎ liáng shi zhuāng shang kě yòng
這是緊張的一天。家家把糧食裝上可用

的車輛，無論是手推車還是平板車，掛在樑上
的玉米串也摘了下來，誰都不想把辛苦得來的
糧食糟蹋了。

　　兩個小時後，村民們陸續往山上轉移。
各家互相幫助，秩序良好，大家都平安逃到了
後山。

音節寶庫

liao

liáo	liáo	liáo	liáo	liáo
寥	聊	療	嘹	潦

liáo	liáo	liǎo	liào
燎	獠	了	料

聆聽錄音

chóng xīn kāi shǐ
重新開始

tā shì wèi hěn liǎo bu qǐ de cháng pǎo yùn dòng yuán　　ná guò bù
他是位很了不起的長跑運動員，拿過不

shǎojiǎng pái　　qián tú wú liàng
少獎牌，前途無量。

bú liào　　　yì tiān zài shān
不料，一天在山

shang liàn pǎo shí　　　tā bèi yí kuài dà
上練跑時，他被一塊大

76

石絆了一下，摔倒在山崖下，跌斷了右腿。

山崖下面寥無人煙，第二天他才被人發現，經治療後還是截去了右腿。

這是致命的打擊。他失去了工作，窮困潦倒，心情沮喪。晚上噩夢中常被青面獠牙的怪獸追逐。

後來，一位優秀的心理醫生挽救了他，耐心地和他聊天，用無數殘疾人重生的事例激勵他。醫生的話好似一點明亮的星火點燃了他的內心，從此以燎原之勢蔓延。

他裝上了假腿，又開始練跑。他用嘹亮的聲音喊道：「我的生命重新開始！」

音節寶庫

lin

līn　lín　lín　lín　lín
拎、林、琳、臨、鱗、
lín　lǐn　lìn
鄰、凜、吝

聆聽錄音

bái xióng yóu lóng gōng
白熊遊龍宮

běi fēng lǐn liè de dōng tiān　　dà bái xióng kào tǐ nèi de zhī fáng
北風凜冽的冬天，大白熊靠體內的脂肪

huó zhe　　chūn tiān dào le　　tā jiù gǎn kuài qù lín jìn de dà hǎi zhǎo chī
活着。春天到了，牠就趕快去鄰近的大海找吃

de
的。

tā zhuā dào yì tiáo dà yú　　yú bèi shang de lín piàn yín guāng shǎn
牠抓到一條大魚，魚背上的鱗片銀光閃

shǎn　kě ài jí le　　tā līn zhe yú zhèng yào wǎng zuǐ li sòng shí
閃，可愛極了，牠拎着魚正要往嘴裏送時，

dà yú kāi kǒu shuō huà le　　xióng dà gē ráo mìng　　wǒ huì bào dá nǐ
大魚開口說話了：「熊大哥饒命，我會報答你

de
的！」

dà yú shuō tā shì lóng wáng de xiǎo ér zi　　chū lai yóu wán de
大魚說牠是龍王的小兒子，出來遊玩的，

牠願意帶白熊去參觀龍宮。

白熊答應了，便跟着大魚潛入海中。龍宮深藏在海底森林中，宏偉華麗，珍寶琳瑯滿目。為了報答白熊不殺之恩，龍王送給牠很多海產，臨別時還派蝦兵蟹將送牠到岸上。白熊並不吝嗇，牠把食物分送給家族成員，讓大家都飽餐了一頓。

ling

líng líng líng líng líng
凌、零、靈、羚、聆、
líng lǐng lìng
嶺、領、另

聆聽錄音

xiǎo líng yáng de xiào xīn
小羚羊的孝心

xiǎo líng yáng hé mā ma zhù zài huāng liáng de shān shang　yì tiān wǎn
小羚羊和媽媽住在荒涼的山上。一天晚

shang　yáng mā ma bìng le　tóu tòng fā shāo　tǎng zài chuáng shang hēng
上，羊媽媽病了，頭痛發燒，躺在牀上哼

heng　bù néng gěi xiǎo líng yáng zhǔ fàn le　jiā zhōng yí piàn líng luàn
哼，不能給小羚羊煮飯了，家中一片凌亂。

xiǎo líng yáng yào qù yī shēng jiā wèi mā ma ná yào　yī shēng jiā
小羚羊要去醫生家為媽媽拿藥。醫生家

hěn yuǎn　yào fān shān yuè lǐng　xìng hǎo xiǎo líng yáng hěn jī líng　pǎo
很遠，要翻山越嶺。幸好小羚羊很機靈，跑

de yě kuài　yí gè xiǎo shí hòu jiù dào le　kě xī yī shēng bú
得也快，一個小時後就到了。可惜醫生不

zài jiā　xiǎo líng yáng zhǐ dé qù zhǎo lìng yí wèi
在家，小羚羊只得去找另一位

yī shēng　děng tā zhǎo dào yī shēng　ná
醫生。等牠找到醫生，拿

了藥，已經是深夜零時了。醫生讓牠住一晚
再走，但牠急着要給媽媽吃藥，堅持要立刻回
家。

　　天上的小天使聆聽了這一切。小羚羊的
孝心感動了她，她化身為一隻螢火蟲來領着
小羚羊一路平安到家。

liu

liū liū liú liú liú
熘、溜、榴、留、瘤、

liú liú liú liǔ liù
硫、琉、流、柳、遛

聆聽錄音

yú kuài de zhōu mò
愉快的周末

míng xiá jīn tiān dù guò le yí gè yú kuài de zhōu mò
明霞今天度過了一個愉快的周末。

bà mā dài tā qù zhū hǎi pāo wēn quán　nà li de liú huáng wēn quán
爸媽帶她去珠海泡溫泉。那裏的硫磺溫泉

規模很大，是露天的，溫泉池邊都種着垂柳，還有開着紅花的石榴樹，風景很美。聽說這種藥物溫泉還能治療皮膚病和腫瘤病人呢。

晚上在一家裝潢美觀的飯店吃飯，這家飯店的大屋頂飛檐翹角，蓋着青綠色的琉璃瓦，好像一座宮殿，院內還有流水淙淙，旁邊則蓋了溜冰場。用餐時，明霞嘗到了她愛吃的熘肝片。

她很想在珠海留下來住一晚，可是爸爸說今天他們沒帶家中的小狗出去遛遛，小狗會不高興的，還是趁早回去吧。

音節寶庫

long

lóng lóng lóng lóng lóng
窿、龍、隆、瓏、聾、
lóng lóng lǒng
嚨、曨、攏

聆聽錄音

yè gōng hào lóng

葉公好龍

gǔ shí hou yǒu wèi xìng yè de gōng zǐ　　hěn xǐ ài lóng　　tā de
古時候有位姓葉的公子，很喜愛龍。他的

pèi dāo hé jiàn shang dōu kè zhe lóng　　jiā li de mén　chuāng　qiáng shang dōu
佩刀和劍上都刻着龍，家裏的門、窗、牆上都

huà zhe lóng　　fáng jiān li hái yǒu wú shù jiàn lóng de bǎi shè　　xiǎo qiǎo líng
畫着龍，房間裏還有無數件龍的擺設，小巧玲

lóng　　wú bǐ jīng zhì
瓏，無比精致。

tiān shàng de zhēn lóng tīng shuō le zhè jiàn shì　　biàn xiǎng qù bài fǎng
天上的真龍聽説了這件事，便想去拜訪

zhè wèi yè gōng　　hé tā jiāo gè péng you
這位葉公，和他交個朋友。

yì tiān xià wǔ　　léi shēng lóng lóng　　zhēn lóng xià fán　　tā lái dào
一天下午，雷聲隆隆，真龍下凡。牠來到

葉公家，把頭穿過窗户，捅了一個大窟窿；長長的尾巴掃進廳堂，全身合攏成環形，以此來向葉公致敬。

誰知葉公聽到震耳欲聾的雷聲，看到真龍飛來，嚇得魂飛魄散，雙腳發抖，兩眼矇矓，喉嚨發僵。等到真龍一入屋，葉公趕緊轉過頭來，逃之夭夭。

你說，葉公是不是真的喜愛龍？

音節寶庫

lu

lú	lú	lú	lú	lú
顱	鱸	蘆	盧	廬
lú	lǔ	lù	lù	lù
鱸	櫓	鷺	陸	碌

聆聽錄音

shuí gèng xìng fú
誰更幸福？

dà hé liǎng biān zhǎng zhe mì mì de lú wěi　　hé li yǒu hěn duō
大河兩邊長着密密的蘆葦，河裏有很多

yú　　shì shuǐ niǎo men de tiān táng　　hé biān lù dì shang yǒu yì jiān
魚，是水鳥們的天堂。河邊陸地上有一間

xiǎo máo lú　　lú lǎo bó zhù zài lǐ mian　　yǎng zhe hǎo jǐ zhī
小茅廬，盧老伯住在裏面，養着好幾隻

lú cí　　yǐ bǔ yú wéi shēng
鸕鶿，以捕魚為生。

　　zǎo shang　　lú lǎo bó yáo zhe lǔ huá zhe xiǎo chuán
　　早上，盧老伯搖着櫓划着小船，

dài zhe lú cí qù hé zhōng xīn bǔ yú　　zhōng wǔ huí lai shí
帶着鸕鶿去河中心捕魚。中午回來時

yú huò mǎn cāng　　hái bǔ zhuō dào le jǐ tiáo nán dé
魚獲滿艙，還捕捉到了幾條難得

^{de} ^{lú} ^{yú}
的鱸魚。

^{lú} ^{lǎo} ^{bó} ^{jìn} ^{wū} ^{qù} ^{chī} ^{fàn} ^{le} ^{lú} ^{cí} ^{men} ^{zhàn} ^{zài} ^{chuán} ^{shang}
盧老伯進屋去吃飯了，鸕鷀們站在船上

^{xiū} ^{xi} ^{zhè} ^{shí} ^{yì} ^{zhī} ^{bái} ^{lù} ^{gāo} ^{áng} ^{zhe} ^{tóu} ^{lú} ^{jiāo} ^{ào} ^{de} ^{duó} ^{bù}
休息。這時，一隻白鷺高昂着頭顱驕傲地踱步

^{guò} ^{lai} ^{xié} ^{yǎn} ^{miáo} ^{zhe} ^{hún} ^{shēn} ^{hēi} ^{hēi} ^{de} ^{lú} ^{cí} ^{shuō} ^{dào} ^{nǐ} ^{men}
過來，斜眼瞄着渾身黑黑的鸕鷀說道：「你們

^{zhè} ^{shì} ^{hé} ^{kǔ} ^{ne} ^{zhěng} ^{tiān} ^{máng} ^{lù} ^{wèi} ^{bié} ^{ren} ^{kàn} ^{wǒ} ^{zì} ^{yóu} ^{zì} ^{zài}
這是何苦呢，整天忙碌為別人，看我自由自在

^{de} ^{duō} ^{xìng} ^{fú}
的，多幸福！」

^{lú} ^{cí} ^{huí} ^{dá} ^{shuō} ^{wǒ} ^{men} ^{néng}
鸕鷀回答說：「我們能

^{yòng} ^{zì} ^{jǐ} ^{de} ^{bǔ} ^{yú} ^{běn} ^{lǐng} ^{bāng} ^{zhù} ^{lǎo}
用自己的捕魚本領幫助老

^{bó} ^{nǐ} ^{shuō} ^{shuí} ^{gèng} ^{xìng} ^{fú} ^a
伯，你説，誰更幸福啊？」

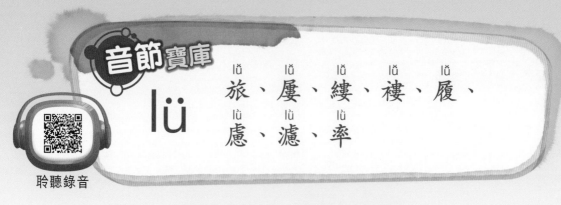

音節寶庫

lǚ

lǚ lǚ lǚ lǚ lǚ
旅、屢、縷、褸、履、
lǜ lǜ lǜ
慮、濾、率

聆聽錄音

bù xíng chóu kuǎn
步行籌款

五個年青人，考慮到內地某個山區孩子的

入學率是零，想用一種特別的方式幫他們建

校。

他們利用暑假時間出發了，不是去旅行，

而是要用自己的雙腳走遍貴州山區，以此籌

款。

六十天內他們行走過二十個縣城，四十

多個山村。路途是辛苦的，步履艱難。

有時隨身攜帶的過濾水和乾糧用完了，就要忍飢挨餓；在渺無人煙的荒山上，見到一縷炊煙便有了借宿的希望。最後，他們衣衫襤褸、蓬頭垢面出現在人們面前。

他們受到人們的熱情歡迎和真誠接待，屢次使他們流下了淚。

他們共籌集到二十萬元，為山區孩子建造了一所小學。

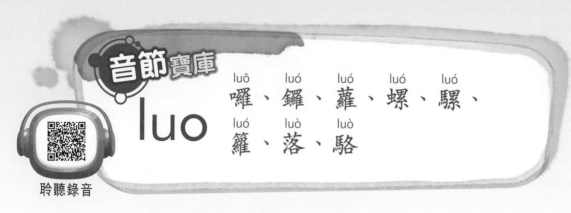

音節寶庫

luo

luō	luó	luó	luó	luó
囉	鑼	蘿	螺	騾

luó	luò	luò
籮	落	駱

聆聽錄音

nǐ shì shuí ya

你是誰呀？

yǒu yì tiān　　yì tóu luò tuo hé yì tóu luó zi xiāng féng zài
有一天，一頭駱駝和一頭騾子相逢在

shì jí shang
市集上。

駱駝打量着騾子招呼道：「你是誰呀？看看你好像是匹小馬，卻又不像。你是頭驢子吧？」

騾子回答說：「駱駝大哥，難怪你不認識我了。我的爸爸是馬，驢子是我媽媽，所以我既像馬又像驢，既不是馬也不是驢。」

駱駝大笑：「瞧你這麼瘦小，你對人們有什麼用處呀？」

騾子說：「別囉嗦，我的力氣大着呢，還能走山路。瞧我身上的兩隻籮筐，今天我幫主人馱了一百斤蘿蔔和螺螄來市場賣，一路快跑，可沒有落後呢。」

開市的銅鑼敲響了，大家都開始忙着做生意了。

拼音 遊樂場 ④

練習內容涵蓋本書音節 lan 至 luo 由第 64 頁至第 90 頁

一 將正確的音節和圖片連起來

liú lèi	xiǎo lù	lǐ wù	líng yáng

①

②

③

④

二 請為以下的拼音標上正確的聲調 ˇ ˊ ˉ ˋ

① 籃球　lan qiú

② 浪花　lang huā

③ 勞累　lao lèi

④ 禮貌　li mào

三 讀一讀，找出符合圖片的拼音寫在方框內

| tiáo liào | lǜ sè | lán sè | lí |

1

2

3

4

四 我會拼讀，我會寫

1 l ＋ ang ＝ ☐   2 l ＋ ei ＝ ☐

3 l ＋ ian ＝ ☐   4 l ＋ ing ＝ ☐

小紅帽新傳
xiǎo hóng mào xīn zhuàn

小紅帽已經長大成一個小姑娘了，她心地善良，待人和氣，附近鄰居都很喜愛她。

一天下午，媽媽問小紅帽：「你能不能代我去一次外婆家，把我剛包好的餃子和熬好的荔枝醬帶給外婆？」

小紅帽很久沒見外婆了，很高興接受了這個任務。她想，我一定要把禮物安全送到外婆家，不辜負媽媽對我的信任。

她要穿過大森林。林中有高大的白樺樹、
火紅的石榴花和各色蘭花，櫻桃樹上果實纍
纍；輕輕泛着漣漪的湖面上荷花盛放，清清的
湖水裏有鯉魚、鰱魚、鱸魚、螺螄、烏龜和小
蝌蚪在游動；岸邊有白鷺、鸛、鑊和鸕鷀在找
食物，綠油油的草地上有羚羊在漫步。

這時，大灰狼走到她身旁，很有禮貌地向她鞠躬問好。

小紅帽看見大灰狼的一條腿受了傷，還流着血，小紅帽一定要替他治療傷口。她把狼的傷口洗乾淨後，用自己的手帕包紮起來，這樣傷口就不流血了。

這時，雷聲隆隆，雨點落下來了，小紅帽很慌張。大灰狼趕快拉着小紅帽躲進山洞，他們兩個跑得滿頭大汗，等雨停了之後才跑出洞來。

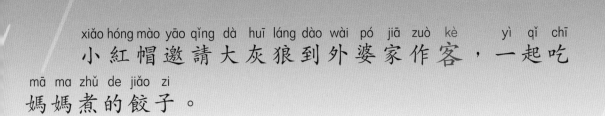

小紅帽邀請大灰狼到外婆家作客，一起吃媽媽煮的餃子。

綜合 練習

一 請為以下的拼音標上正確的聲調 Ｖ ／ ー ＼ ▲

1 感恩　gan ēn

2 狐狸　hu li

3 街道　jie dao

4 科目　ke mù

二 請選出正確的拼音 ☑ ▲

1 灰塵
　☐ huī chén
　☐ huī chéng

2 觀察
　☐ guān chāi
　☐ guān chá

3 餃子
　☐ jiǎo zi
　☐ jiào zi

4 朗讀
　☐ lěng dú
　☐ lǎng dú

三 讀一讀，找出符合圖片的拼音寫在方框內

| chàng gē | jī mù | yān huǒ | kě lè |

1

2

3

4

四 看圖片，補全下面的拼音　　　（　　）

1 mǎ（　　）

2 （　　）yú

3 hóng（　　）

4 （　　）zi

答案

拼音遊樂場①

一、

1. gōng yuán　2. wū guī　3. gē ge　4. mó gu

二、

1. gān jìng　2. gōng jī　3. gǔ dài　4. guì huā

三、

1. gong jiāo chē　2. xiǎo gǔ　3. guì zi　4. gē zi

四、

1. gan　2. gu　3. guan　4. gui

拼音遊樂場②

一、

1. lǎo hǔ　2. hóng sè　3. hē shuǐ　4. tú huà

二、

1. hóng qí　2. huān lè　3. huì xīng　4. bǎo hù

三、

1. hàn bǎo　2. hé liú　3. huā duǒ　4. huò chē

四、

1. he　2. hong　3. huang　4. huo

拼音遊樂場③

一、

1. jiàn shēn　2. yán jiāng　3. kē dǒu　4. jìng zi

二、

1. jī qì　2. jiā rén　3. jié rì　4. jú huā

三、

1. jiù hù chē 2. huǒ jiàn 3. xiāng jiāo 4. máo jīn

四、

1. jia 2. jiao 3. jin 4. jiu

拼音遊樂場④

一、

1. lǐ wù 2. líng yáng 3. liú lèi 4. xiǎo lù

二、

1. lán qiú 2. làng huā 3. láo lèi 4. lǐ mào

三、

1. lán sè 2. lí 3. tiáo liào 4. lǜ sè

四、

1. lang 2. lei 3. lian 4. ling

綜合練習

一、

1. gǎn ēn 2. hú li 3. jiē dào 4. kē mù

二、

1. huī chén 2. guān chá 3. jiǎo zi 4. lǎng dú

三、

1. chàng gē 2. yān huǒ 3. jī mù 4. kě lè

四、

1. mǎ lù 2. jīng yú 3. hóng hè 4. guàn zi

1.	gan	gàn 干、	gān 竿、	gān 尷、	qián 乾、	gǎn 趕、	gǎn 敢、	gǎn 感、	gàn 幹	
2.	ge	gē 戈、	gē 擱、	gē 割、	gē 胳、	gé 格、	gé 隔、	gé 骼、	gè 個	
3.	gong	gōng 攻、	gōng 躬、	gōng 蚣、	gōng 宮、	gōng 供、	gōng 功、	gōng 公、	gōng 恭、	gòng 貢
4.	gu	gū 孤、	gū 辜、	gū 鴣、	gū 菇、	yù 穀、	gū 咕、	gǔ 谷、	gǔ 鼓、	gǔ 古
5.	guan	guān 冠、	guān 觀、	guān 關、	guǎn 管、	guàn 罐、	guàn 鸛、	guàn 貫、	guàn 慣	
6.	gui	guī 歸、	guī 龜、	guī 規、	guǐ 鬼、	guǐ 軌、	guì 劊、	guì 跪、	guī 瑰、	guì 桂、	guì 貴
7.	han	hān 憨、	hán 寒、	hán 涵、	hàn 汗、	hǎn 罕、	hàn 漢、	hàn 憾、	hàn 撼、	hàn 悍
8.	he	hē 喝、	hē 呵、	hé 河、	hé 荷、	hé 何、	hé 合、	hé 和、	hé 禾、	hè 鶴、	hè 賀
9.	hong	hōng 轟、	hóng 洪、	hóng 紅、	hóng 鴻、	hóng 虹、	hóng 宏、	hōng 哄、	hòng 訌	
10.	hu	hū 呼、	hū 乎、	hū 忽、	hú 糊、	hú 蝴、	hú 狐、	hú 猢、	hú 鬍、	hǔ 虎、	hù 互
11.	hua	huā 花、	huá 劃、	huà 划、	huá 華、	huá 嘩、	huá 滑、	huá 畫、	huà 化、	huà 樺	
12.	huan	huān 歡、	huān 獾、	hái 還、	huán 環、	huǎn 緩、	huàn 患、	huàn 喚、	huàn 渙、	huàn 瘓	

13.	huang	huāng 荒、 huāng 慌、 huáng 蝗、 huáng 惶、 huáng 黃、 huáng 蟥、 huáng 徨、 huǎng 恍
14.	hui	huī 揮、 huī 恢、 huí 回、 huī 灰、 huī 輝、 huǐ 毀、 huì 賄、 huǐ 悔、 huì 誨、 huì 惠、 huì 慧
15.	huo	huó 活、 huǒ 火、 huǒ 伙、 huò 禍、 hù 穫、 huò 獲、 huò 或、 huò 貨、 huò 惑
16.	ji	jī 機、 jī 激、 jī 積、 jí 嫉、 jí 急、 jǐ 擠、 jǐ 己、 jì 記、 jì 繼、 jì 既、 jì 績、 jì 跡
17.	jia	jiā 家、 jiā 佳、 jiā 傢、 jiā 嘉、 jiá 頰、 jiǎ 假、 jiǎ 假、 jià 價、 jià 架、 jià 嫁
18.	jian	jiān 艱、 jiān 堅、 jiān 間、 jiǎn 簡、 jiǎn 剪、 jiǎn 繭、 jiàn 漸、 jiàn 件、 jiàn 見
19.	jiang	jiāng 將、 jiāng 漿、 jiǎng 槳、 jiǎng 講、 jiǎng 獎、 jiàng 醬、 jiàng 降、 jiàng 匠
20.	jiao	jiào 教、 jiāo 蕉、 jiāo 嬌、 jiāo 跤、 jiāo 驕、 jiáo 嚼、 jiǎo 攪、 jiǎo 腳、 jiǎo 餃、 jiào 較
21.	jie	jiē 接、 jiē 街、 jiē 階、 jié 截、 jié 節、 jié 潔、 jié 捷、 jiě 姐、 jiè 誡、 jiè 界
22.	jin	jīn 金、 jīn 今、 jīn 津、 jǐn 錦、 jǐn 緊、 jǐn 僅、 jǐn 謹、 jìn 禁、 jìn 近、 jìn 進
23.	jing	jīng 驚、 jīng 經、 jīng 精、 jīng 睛、 jǐng 頸、 jìng 靜、 jìng 敬、 jìng 竟、 jìng 鏡、 jìng 境

24.	jiu	jiū 啾	jiū 鳩	jiū 赳	jiū 揪	jiǔ 久	jiǔ 酒	jiù 就	jiù 救	jiù 舅	jiù 鷲
25.	ju	jū 居	jū 拘	jǔ 舉	jǔ 矩	jù 據	jù 劇	jù 具	jù 距	jù 鋸	
26.	ke	kē 棵	kē 顆	kē 瞌	ké 咳	kě 可	kě 渴	kè 課	kè 刻	kè 客	
27.	lan	lán 籃	lán 蘭	lán 欄	lán 藍	lán 攔	lǎn 攬	lǎn 覽	lǎn 纜	lǎn 懶	làn 爛
28.	lang	lāng 啷	láng 廊	láng 狼	láng 瑯	láng 郎	láng 螂	lǎng 朗	làng 浪		
29.	lei	lè 勒	léi 雷	léi 擂	lěi 蕾	lèi 壘	lěi 累	lèi 肋	lèi 類	lèi 淚	lěi 累
30.	li	lí 梨	lí 離	li 里	lǐ 鯉	lǐ 裏	lì 麗	lì 粒	lì 栗	lì 荔	lì 蠣
31.	lian	lián 憐	lián 聯	lián 簾	lián 蓮	lián 連	lián 漣	lián 鰱	liǎn 臉	liàn 練	
32.	liang	liáng 良	liáng 涼	liáng 糧	liáng 樑	liǎng 兩	liàng 晾	liàng 亮	liàng 輛		
33.	liao	liáo 寥	liáo 聊	liáo 療	liáo 嘹	liáo 潦	liáo 燎	liáo 獠	liǎo 了	liào 料	

34.	lin	līn 拎、 lín 林、 lín 琳、 lín 臨、 lín 鱗、 lín 鄰、 lǐn 凜、 lìn 吝
35.	ling	líng 凌、 líng 零、 líng 靈、 líng 羚、 líng 聆、 lǐng 嶺、 lǐng 領、 lìng 另
36.	liu	liū 熘、 liū 溜、 liú 榴、 liú 留、 liú 瘤、 liú 硫、 liú 琉、 liú 流、 liǔ 柳、 liù 遛
37.	long	lóng 窿、 lóng 龍、 lóng 隆、 lóng 瓏、 lóng 聾、 lóng 嚨、 lóng 矓、 lǒng 攏
38.	lu	lú 顱、 lú 鱸、 lú 蘆、 lú 盧、 lú 廬、 lú 鱸、 lù 鷺、 lǔ 櫓、 lù 陸、 lù 碌
39.	lü	lǚ 旅、 lǚ 屢、 lǚ 縷、 lǚ 褸、 lǚ 履、 lù 慮、 lù 濾、 shuài 率
40.	luo	luō 囉、 luó 鑼、 luó 蘿、 luó 螺、 luó 騾、 luó 籮、 luò 落、 luò 駱

（紅色的聲母是本書學習的聲母）

b	p	m	f	d	t	n	l
玻	坡	摸	佛	德	特	呢	勒

g	k	h	j	q	x
哥	科	喝	基	期	希

zh	ch	sh	r	z	c	s
知	吃	詩	日	資	次	思

（紅色的韻母是本書學習的韻母）

		i	衣	u	烏	ü	迂
a	啊	ia	呀	ua	蛙		
o	喔			uo	窩		
e	鵝	ie	耶			üe	約
ai	哀			ua	歪		
ei	欸			uei	威		
ao	凹	iao	腰				
ou	歐	iou	憂				
an	安	ian	煙	uan	彎	üan	冤
en	恩	in	因	uen	溫	ün	暈
ang	昂	iang	央	uang	汪		
eng	亨的韻母	ing	英	ueng	翁		
ong	轟的韻母	iong	雍				

Aa	Bb	Cc	Dd	Ee	Ff	Gg
Hh	Ii	Jj	Kk	Ll	Mm	Nn
Oo	Pp	Qq	Rr	Ss	Tt	
Uu	Vv	Ww	Xx	Yy	Zz	

注：v 只用來拼寫外來語、少數民族語言和方言。

樂學普通話

趣味漢語拼音音節故事 ②
白熊遊龍宮

作　　者：宋詒瑞
插　　圖：Paper
責任編輯：張斐然
美術設計：郭中文
出　　版：新雅文化事業有限公司
　　　　　香港英皇道499號北角工業大廈18樓
　　　　　電話：(852)2138 7998
　　　　　傳真：(852)2597 4003
　　　　　網址：http://www.sunya.com.hk
　　　　　電郵：marketing@sunya.com.hk
發　　行：香港聯合書刊物流有限公司
　　　　　香港荃灣德士古道220-248號荃灣工業中心16樓
　　　　　電話：(852)2150 2100　傳真：(852)2407 3062
　　　　　電郵：info@suplogistics.com.hk
印　　刷：中華商務彩色印刷有限公司
　　　　　香港新界大埔汀麗路36號
版　　次：二〇二三年五月初版

ISBN: 978-962-08-8184-8
© 2023 Sun Ya Publications (HK) Ltd.
18/F, North Point Industrial Building, 499 King's Road, Hong Kong.
Published in Hong Kong SAR, China
Printed in China